KB109995

무지개 여행

형상시인선 32 원용수 시집

무지개 여행

인쇄 | 2021년 8월 1일
발행 | 2021년 8월 5일

글쓴이 | 원용수
펴낸이 | 장호병
펴낸곳 | 북랜드
　　　　06252 서울 강남구 강남대로 320, 황화빌딩 1108호
　　　　41965 대구시 중구 명륜로12길 64(남산동)
　　　　대표전화 (02)732-4574, (053)252-9114
　　　　팩시밀리 (02)734-4574, (053)252-9334
　　　　등록일 | 1999년 11월 11일
　　　　등록번호 | 제13-615호
　　　　홈페이지 | www.bookland.co.kr
　　　　이-메일 | bookland@hanmail.net

책임편집 | 김인옥
교　　열 | 배성숙 전은경

ISBN 978-89-7787-039-0 03810
ISBN 978-89-7787-040-6 05810 (E-book)

값 10,000원

형상시인선 32

무지개 여행

원용수 시집

북랜드

걸레로 방바닥을 닦는다

닦고 닦아도 지워지지 않는 땟자국
걸레를 빨아 다시 닦아도
방바닥이 걸레의 때를 먹는다

새 걸레로 방바닥을 닦으니
방바닥은 어느새 깨끗해졌다

헌 걸레는 미련 없이 버렸다
방바닥을 버릴 수는 없으니까

아기처럼 티 없이 웃어보자
기어가는 아가로 돌아가자

2021년 여름 원용수

차례

2 빨리 나와라, 사랑하자

3 걷다가 달리다가 되돌아오는 길

4 박수받고 싶다

1

그 집만 남았다

수성못 거위

꽝꽝 언 못 위를 걸어가는 거위
어정어정 저 심심
물이 얼마나 그리울까

어둠살 내려앉는 저녁
주둥이를 어깨에 묻고 잠 청하다가
배가 고픈가 가끔 외마디 비명 지른다

할머니가 나타나니
둘러앉는 여섯 마리 거위
고만고만한 쌍둥이 같다

머지않아 얼었던 연못이 녹을 거다

훈훈한 할머니 말에
추위 깃든 겨드랑이 접는다

언 물 위에 비친 산 그림자도
거위의 노란 부리에
조금씩 뜯기고 있다

그늘 깊다

오늘도 습관처럼 밟고 지나는
인연 드리워진 그늘에
주인 여자 가고 없는 찻집이 있다

보드라운 목소리로 자작시 낭송하고
알다가도 모를 미소 살짝 보여주던 그녀
늘 나는 젊음이 눈부셔 어떤 화답도 못 했다

어쩔 수 없이 삶의 그늘에 엮여
파닥거리고 있었음을 난 까맣게 몰랐다

힘들 땐 하늘만 쳐다보고 살랬더니
그녀는 가고 없고
그 집만 남았다

"우리 엄마 조금 잡아주시지 않고"

그녀 전화로 걸려온 따님의 부고 문자가
그 집 그늘에 빠져 허우적거리는
내 소매를 잡아당기고 있다

못난이 사과

영천 재래시장 난전에
어머니 같은 할머니
못난이 사과 한 접 펼쳐 놓았다

눈길 주는 사람 하나 없어
저녁나절이라 바람 더 차가워지고
해전에 못 팔겠다 싶어
흥정도 없이 몽땅 샀더니
아들 같다며 웃으신다

아뿔싸! 집에 오니
빛깔 좋은 사과 한 상자 아내가 사 두었다

옛날 후포징에서
해묵은 감자 못 팔아 고생하시던
어머니 생각에 사 왔으니
두말 말라는 당부에

못난이 사과를 물끄러미 바라보던 아내가
엄마같이 웃는다

오늘은 운 좋은 날인가 보다
어머니 같은 분을 두 번이나 만나서

첫차

산과 집은 아직 한밤중이다
가로등은 뜬눈으로 밤새고도
새벽 다섯 시 반 길 밝히고 있다

겨우 눈뜬 첫차는 잠자는 길을 깨우고
덜 깬 사람도 깨운다

번개시장이 가까워지니
무거운 보따리를 든 아지매가 차에 오른다
형수님을 만난 듯 반가워서 도와드렸다

칠성시장에 이르니 짐이 무거운 노파가 오른다
또 도와드렸다
이렇게라도 남을 도울 수 있으니 즐겁다

특별한 볼일도 없는 사람이
왜 첫차를 탔느냐고
묻는 사람이 없어서 좋았다

소쩍새

앞산 뒷산 밤의 적막
소쩍새가 깨운다

소쩍소쩍, 큰 솥 준비혀
소쩍소쩍, 풍년 온다

네 소식 고마우나
소박데기는 가슴 아프다

혼인하자 혼인하자
백날이나 울어대더니
첫날밤 솥 작다
소박맞아 운다

솥작솥작 소박데기도
아기 하나 갖고 싶다고
저리도 운다

무지개 여행

초례봉에 걸린 무지개 속 한복차림 노부부
금호강 밟고 걸어오신다
자세히 보니, 어머니와 아버지다

너 보고 싶어 왔다고
산소에도 안 오고 요즘 어디 아프냐고
오늘 보니, 지팡이 짚어야겠다, 하신다

나 초등학교 3학년 때 그린 무지개 그림
안방 벽에 붙여두었던 그 그림
내가 그린 무지개 올라타고 웃으시던 부모님
저승 가셔도 여행 다니신다니

그 흔한 제주도 여행도 못 보내 드린 게
후회로 남아 가슴이 뭉클
글썽이는 내 눈물에도 살포시 내려앉으시는 두 분

좋아하시던 고향 무정 노랫가락
일곱 마디 곡 다 끝나기도 전에

굽은 등 편 무지개는 훌쩍 사라지고

물어볼 말이 아직 많은 나
비 그친 오늘도
금호강둑 서성인다

빗나간 풍문

지심도 동백꽃 참으로 귀하다
위를 쳐다봐야 보인다기에
쳐다보고 쳐다봐도
꽃은 안 보인다

동백 터널 속에서도
아름드리 늙은 나무 속에도
꽃은 띄엄띄엄 한두 송이뿐

관람객 수군수군
지심에 들었으면 자신이 이미 꽃인 줄 모르고
나무가 늙어서 꽃 못 피운다
아기 울음 그친 우리 동네 같다
늘어놓는 흉들

길가에 새로 심은 동백만
나 보란 듯 생글생글
일렁일렁 바람이 그리운 여자

치맛자락 살짝 들어 올려주는
참으로 눈치 빠른 지심도 바람에
동백들 깜짝 놀라
다 숨어 버렸다

꽃도장

해마다 그리움처럼 가꾼 나팔꽃
줄 타고 올라와 할머니 방 엿본다
마치 6·25 때 가신 서방님처럼

나팔꽃이 놀란다
할머니가 편찮으셔서 누워계시기 때문이다
누운 할머니는 손인사로 반기신다
당신이 남긴 연금으로 병원 잘 다닌다며

손부가 손바닥 위에 놓아드린 나팔꽃
조용히 웃으시는 할아버지와 할머니
50년째 만나는 부부 회포

잠시 나팔꽃이 울먹이듯 할머니를 쳐다본다
할머니는 천국에서 다시 만나자는 듯
가만히 나팔꽃을 머리맡에 놓으신다

나팔꽃 사랑은 짧다지만
저승 재회까지 기약하는 길고도 긴 사랑
창 너머 하늘에 꽃도장 찍는다

껍데기

주머니에 주머니를 넣고
구름열쇠까지 넣어둔다

주머니가 주머니를 잃으면
빈 주머니만 남을 걸 안다

들어오는가 싶더니 어느새 나가고
결국엔 주머니만 덜렁덜렁

쩔렁쩔렁 흔들고 다닌
늙은 짐승의 고환이
말린 대추처럼 쭈글쭈글하다

나를 채근하다

나를 가르치는 선생님이 우리 집에 있다

양치하고 세수할 때 머리에 쏙 들어와서
아까 쓴 글 독자를 생각해 봐. 타이른다

불을 끄고 잠자리에 들 때도
여기를 고쳐 봐. 베갯머리송사로 또 가르친다

아침에 오늘 할 일을 생각하다 보면
골프장엔 가지 말고 산에 올라 넓은 세상을 품어 봐

작은 사람이지만 글로써 세상을 품는 당당한 산이 되란다

거울에 비친 나를 들여다보는데 나를 가르치는 선생님
머릿속으로 쏙 들어간다

거울집 문간방에 세 든 선생님
오늘도 나를 채근하기 바쁘다

고산골* 학교

등하교 시간 따로 없고
등록금 고지서, 출석부도 없다

어린이부터 노인까지 무학년제
골짜기 전체가 커다란 학교다

공룡공원 용두토성
쌈지공원 주상절리는 학습장
꽃과 나무 바위와 냇물은 선생님
바람은 고산골 교장 선생님이다

고산골 학생은
다람쥐들 동심 일깨우고
약수터에서 진달래 따 먹고
철쭉 밭에 드러누워 시도 쓴다

공룡도 다녔다는 유서 깊은 학교
아득히 높은 하늘
꿈의 칠판처럼 걸려있다

  *대구시 남구 봉덕동에 있음.

25

귀한 손님

용두골에서 탁족하고 돌아오는 길
호랑나비 한 마리가
꽃다발 놓아둔 자동차 뒷좌석에 올라탔다

나비가 달아날까 봐 차문 유리를 올렸다

일단 내 차에 오신 손님이니 드라이브나 시켜드리자
청도 쪽 들꽃길로 달렸다

가다가 생각해 보니
나비 가족이 기다릴 것 같아
출발지로 와서 문을 열어 두었다

정신없이 꿀을 빨던 손님 나비는
나갈 구멍을 찾더니, 인사도 없이 날아갔다

지금쯤 가족과 잘 살겠지
하 수상한 세상이고 보니, 걱정이 앞선다

부메랑

손이 발을 씻긴다

회혼 날이라
아내를 의자에 앉히고
나는 그 앞에서
난생처음 남의 발 씻긴다

육십여 년
여섯 식구 돌보느라
장마당 누비느라
좁고 예쁘던 발
껄끄러운 마당발 되었구나

철없이 굴던 지난날 참회로
갈라터진 발 문지르는데
도리어 내 손이 말갛게 씻겼다

결국, 발이 손을 씻겼다

난蘭의 땀

꽃핀 난 꽃대 밑에 물방울도 열렸다

꽃을 만드느라 흘리는 땀방울인가?
물방울은 매일매일 조금씩 자란다

혀를 대니 단맛이다
인내는 쓰나 열매는 달다는 뜻인가

꽃이 져도 땀방울은 그대로 있다

보석이라곤 없던 집에 일 부짜리 보석 수두룩하니
아들 며느리 손자
난에 보석 열렸다고 난리다

지는 꽃과 함께 보석 달아날까
쳐다보는 식구들 눈빛 심상찮다

보석 따윈 돌같이 보겠다던
내 마음 변할까 걱정이다

낮꿈

우산을 그녀에게 기울인다
그녀와 함께 움켜쥔 손이 따뜻해진다

번개가 치고 천둥이 울어도
겁먹지 말라며 꼭 껴안은 왼팔

우산 속 그녀를 집까지 데려다주는 동안
나는 흠씬 젖어도 좋다

어깨와 어깨는 밀착
우산 천장 두드리는 비의 연주에
이대로가 좋다! 이대로가 좋다!

되뇌던 우산이
바람에 어, 어, 어
몸 뉘었던 자리가 흠씬 젖어 있다

달의 비탈

사륵사륵 흘러내리는 모래시계 소리
달빛 아래 돌배나무 마주하고 서면
나 살아있음을 알리는 달빛 신호다

육십에 퇴직하고 백수까지는 많이 남았다고
만만디로 산다던 인생, 하마 희수라며
몸 안에 가둔 모래시계가 달의 무게에 눌려
비탈길 내려가는 속도가 빠르다

할 일은 많고 시간은 없고 길은 멀고
마주치는 달빛은 포근하고
백 살까지 산다던 계획은 몇 년 더 살지 모르니
이제 남은 시간 돌배나무 손잡고 걸어야 한다

보이는 초침도 남은 인생도 사륵사륵

잡아둘 수도 없는 시곗랑
거꾸로 차고 사륵사륵
돌지 않는 물레방아 뒤쪽쯤 가서
달빛에 취해 옷고름 사각사각 풀어 볼까나

왕따

풀 뜯는 염소에게 까마귀가 말을 건다
"맛있냐?"
"음 맛있다."

나도 그런 까마귀에게 말 걸어보았다
"나하고 놀자."
놀란 까마귀는 그만 달아난다

염소에게 나는 또 다가가 말해본다
"나하고 놀자."
어림없다는 듯 뿔로 되받으려 한다

나도 염소처럼
풀만 먹고 수염이나 길러볼까

마지막 선물

영화 '전국노래자랑'을 본다
감독은 이경규다

노래자랑 예심에 출연한 할배
가사를 까먹어 아깝게 '땡' 한다
초등생 보라가 써준 가사를 볼 새 없었다
안달 난 보라의 눈엔 눈물 마를 새 없었다

이민 가게 된 보라가 마지막으로
할배에게 노래를 선물하고 싶어
사회자 송해오빠한테 사정사정하여
본선에 나가게 된다
할배와 집 나갔던 보라엄마가 보인다
보라는 소월의 시 '부모'를 당당하게 부른다
'딩동댕' 입선한다
할배와 엄마와 보라는 '부모'라는 끈에 묶여
얼싸안고 춤춘다
하나로 묶인 세 사람

하늘로 오르는 애드벌룬 같다

누가 볼세라 눈물 닦는 옷섶
어두웠던 어제가 오늘의 눈물에 닿아
영화는 짠한 강물이다

2
빨리 나와라, 사랑하자

가족나무

한 나무에 한 가족
주렁주렁 매달려 살고 있다

맨 아래 가지엔 마주 보는 내외
그 윗가지에 화가인 맏딸
그 윗가지에 평론가인 둘째 딸
맨 윗가지에 과학자인 막내아들

구름이 비를 몰고 와도
회오리바람에 휘감겨도
서로 밀어주고 당겨주며
내일을 짊어진 일꾼들 끄덕없다

밑동이 튼튼하게 받쳐주니
땡볕 나라 풀밭 세상에게
그늘 나누어주기에 바쁘다

통곡

신천 강물이 불어 올랐다
굽이치며 운다

해죽해죽 웃는 쓰레기들
덩달아 물놀이를 즐긴다

태평양으로 몰려가서
새로운 섬을 만들겠다고
무리 지은 반란이다

억울한 신천 강물은
파업할 노조도 갖지 못했나

넘실넘실 통곡이 떠내려간다

개보다 나아야지!

가족이 해수욕을 갔다
헤엄을 잘 못 치는 아이들은
개헤엄으로 20여 미터도 못 가서 허우적거린다

아이들 4남매에게 수영을 가르쳤다
-개보다 나아야지
-물을 겁내지 말자

앞으로 나아가는 수영은 잘 못해도
망망대해라도 겁내지 않고
물 위에 떠 있기만 해도
죽을 확률은 그만큼 적어진다

물을 헤치고 나아갈 힘 얻는다면
난세도 헤쳐 나갈 수 있다

회상

산성산 포토존 밑에서
구절초 웃음까지 카메라에 담는다

그 옛날 외딴집
반벙어리 소녀를 닮았다
그냥 두고 온 게 못내 아쉽다

산문 입구 찻집까지 따라와
찻잔 속 동동 띄운 어눌한 손짓 발짓
오므렸다 펼치는
입 모양 귀엽다

잔 속에 든 구절초와
외딴집 소녀가 혹여 자매는 아닐까

자꾸 오버랩되는 가을이다

겨울 유주乳柱*

천연기념물이고 싶은 내가
적천사 은행나무 앞에 섰다

유주를 꺼낸 어르신
하마 홀랑 벗으시면
다가올 추위는 어쩌실 건가요?

팔백 년 넘게 그럭저럭
온갖 풍파 견디며 살았으니
걱정 말란다

살아서 아래로 내려오는
저 어른 거시기
올겨울도 무사해야 한다

떡두꺼비 같은 아들
점지해 달라는 기도에
한 자락 희망 줄 수 있도록

  * 젖기둥. 남성의 성기. 은행나무 줄기에서 방망이처럼 생겨난 나
    무줄기를 두고 하는 말임.

구름길

주차장에 세워둔 차
아침 인사는 찡그린 표정이다

닦고 닦아도 잘 지워지지 않는 흠집
자의든 타의든 상처는 다 그렇다

애써 흠집을 지울 때마다
새록새록 피어나는 기억들

생의 전반부는 상처 내는 일이 많았고
후반부는 상처를 지우는 일이 많았다

앞으로 얼마의 상흔 더 남기고
얼마의 흠집을 더 지워야 하나

구름 등 밀고 오르는 상엿길
문풍지처럼 가벼울 수 있을까

고지박 친구

우리 집 마당가 고지박이 밤마다 옥색등 켜 들고 안부를 묻네, 그려! 희달이, 자네인 듯 나를 부르네, 그려

다른 친구들 골목길 고지박에 대침 줄 때 우리는 고지박처럼 순진하였지. 다른 친구들 동네 여자애들과 염문 퍼뜨릴 때 우리는 부끄러워 뒷길로 피해 다녔지. 친구를 이용할 줄 몰랐던 우리 당하기만 하던 우리는 그래도 등잔불 켜놓고 공부는 열심히 하였어. 자네와 나는 뜻이 통하는 친구였지

어찌어찌하다 우리는 헤어졌고, 자네는 서울 좋은 직장에 다닌다는 소식 들었네. 한 이십 년 되었네 그려, 뜬금없이 페북에서 우리 다시 만났제. 자네는 퇴직 후 시로 등단하고, 요즘 페북에 자네가 쓴 글을 읽고 있네. 자네 글은 독자에게 희망을 주는 글이여 다음은 어떤 글을 써 올릴까, 기다려진다네

나는 소설을 꿈꾸다가 지금은 수필과 시를 쓰고 있네. 글이란 게, 내 것이라야 하는데, 아직도 남의 흉내를 내는 수준

일세. 옥색 고지박은 지금이 청춘이야 조금 있으면 황금박이
되네. 나는 황금박보다 지금이 좋은데, 가는 세월이 우릴 그
냥 두겠는가

　우리 더 늙기 전 언제 한번 만나 속 비운 고지박 잔으로 막
걸리나 한잔 찰랑찰랑 나누세

구절초 재회

초가을 구절초가 활짝 웃는다

'늘 외롭던 구절초에게 오늘은 좋은 일 있을라나'

팔공산 하늘정원 차 안에서 잠시 눈을 붙이니
구름 비행선이 탈 사람을 기다린다

이윽고 녹색 치마 흰 저고리 차림 구절초 아가씨가
비행선 앞으로 사뿐히 다가선다
사또 시중을 들지 않다가 죽은 그 아가씨인가 보다

흰 예복을 입고 시집을 든 청년이
구절초 아가씨를 가볍게 껴안고 비행선으로 오른다
저 청년이 시인인가 보다

비행신 내부는 바흐의 선율이 흐르고
하늘정원을 천천히 맴돌던 비행선은
단풍 든 언덕을 훌쩍 넘는다

재회의 공중에 무지개가 떠오른다

44

참꽃 만세

붉은 다비 참꽃이 비슬산을 덮었다

지팡이 짚은 백수 할머니
며느리가 잡아주려니
짚었던 지팡이까지 내려놓고

-만세! 만세! 참꽃 만세!

작년에는 냉해로 꽃이 피지 않아
나도 세상 하직하나 싶더니,
올해 보니 아직 더 살겠다

-어머니, 아직 더 살고말고요

불타며 웃던 꽃들이 멈칫한다

난감한 사건

요즘 아내가 흑변 본다고 딸에게 알렸다

아빠가 엄마 속 얼마나 태웠으면 흑변이요?

속 지지리 태워 흑변이라니!

병은 아니고 헬리코박터 제균 치료제 탓이래도
딸아이는 막무가내

더 큰 비밀을 간직한 게 아빠와 엄마 사이인데
너, 뭘 안다고?

고 녀석 내 편인 줄 알았더니……

농뿔

정명 들녘
태풍 하이선이 지나갔다

고향 돌보러 온 자손들
팔다리 걷어붙이고 무논에서
넘어진 벼 일으켜 세운다

삼각뿔처럼 묶어 세워도
벼는 목이 아프다

그나저나 반타작이나 될라나?
이래 가지고 누가 농사지을까!

뿔난 아버지는 마른입 다시며
원망하듯 하늘 쳐다본다

묶어 세운 벼들도 걱정스레
아버지를 쳐다본다

눈먼 사랑

창에 닿은 가지에
내려앉은 콩새가
콩 콩 콩 창문을 쪼아본다

창문 속 콩새도 창문을 쫀다

콩, 콩, 콩
빨리 나와라, 사랑하자
고향 가기 전에
집 짓고 새끼 키우고
바쁘다, 바빠!

사무실 아저씨는
매일 찾아오는 콩새가 귀여워
환하도록 유리를 닦아둔다

유리에 비친 새가
자기인 줄도 모르는 콩새는

부리에 불이 난다

속이 까맣게 탄다

늦깎이

젊은 문우들 문학상 타는
송년축제 날
나이 구십 지인
신입으로 입회하시다

소싯적부터 독서가 취미라
퇴직 후에도 하고많은 날 남의 글만 읽다가
자신의 글 남기라는 깨달음에
생각 물고 늘어지다가
시인 되었다 한다

그 어렵다는
교장 승진보다 좋다며
꽃다발 들고 환하게 웃으신다

남은 삶
몇 년인가 모르지만
구순의 시여
부디 그를 젊어지게 하소서

다문화 가족

얼굴 희고
눈 크고
콧대 높다고
다르게 보지 마세요
저 한국 사람이에요

우크라이나서 시집온 지 20년
아빠 닮은 아들 녀석
늠름한 사관생도 되었으나
날 닮은 딸은 놀림 못 견뎌
대안학교 다닌다오

노란 옥수수와 자주 옥수수
서로 꽃가루 섞어
맛있는 옥수수 열리듯

우리는 한가족이에요

대구 꿀떡

평양을 먹고 사는 냉면처럼
대구를 먹고 사는 대구 꿀떡

삼사십 미터쯤 긴 줄 기다려야
숙성된 맛볼 수 있는 꿀떡

씹는 맛보다 저절로 꿀떡 넘어가서
꿀떡꿀떡 대구 말투 닮은 꿀떡

전국으로 팔려 나갈 때마다
꿀떡꿀떡 날개 다는 꿀떡

꿀떡, 꿀떡 먹고 내는 정
꿀떡, 꿀떡 먹은 사랑
끈끈 달달하다

대봉감

황금빛 대봉감 열린 감나무는
조부님이 심으셨다

조부가 웃자면 모두 웃고
노래 부르자면 모두 따라 노래 부르고
꿈을 꾸라면 모두 꿈꾸는 나무

시집 장가 못 가는 가족이 없는 듯
고통까지 누렇게 익었다

백년 묵은 한 대에서
팔 벌린 가지마다 닮은 얼굴
주렁주렁 분가는 꿈도 꾸지 않는
대가족이다

홍도 한 상자

중복 날 받은 택배 한 상자
발송인 없는 홍도 한 상자

하루 이틀 사흘이 지나도
소식이 감감하다
영덕 질녀가 보냈나 싶어 전화했더니
더위 잘 이기시라 보냈단다

따뜻한 부모 그늘에서
팔남매 저희 운김에 잘 큰다고
속으로 박수 보내고
저들 자랄 때 말로 부조한 것뿐인데

포장 벗기자
세상 뜨신 형님 얼굴 떠오른다

질녀도 홍도처럼 방실방실
안견의 무릉도원도 화폭이다

3

걷다가 달리다가 되돌아오는 길

면경

뒷면 없는 어머니는
나를 비추는 거울입니다

감기 다 나았제?
옷 따시게 입고 다니거라

맑고 따뜻한 눈이
엄마를 봅니다
엄마는 나를 봅니다

어머님이 보고 싶으면
어머니가 남긴 거울을 봅니다

엄마는 여전히 늙지 않았는데
나는 자꾸 늙어갑니다

숭늉

막내 튼실하게 키우려고
일곱 살까지 젖 먹였던 어머니

이녁 몸 약해져도
일찍 내치지 못한 모정

일흔이 넘은 아들이
젖 대신 마시는 숭늉

마시고 마셔도
채워지지 않는 그리움

동감

집들이 선물로 개운죽 들어왔다

운이 열린대서 개운죽인가
믿지 않고 살아온 운이지만
오늘따라 운을 믿고 싶다

파릇파릇한 웃음
따라 웃다가 마음까지 개운해졌다

새록새록 푸른 웃음
나이까지 빼앗아간다

문갑 위 다발로 묶인 개운죽
개·운·죽·처·럼·운·열·리·세·요

펄럭이는 리본 따라
나도 펄럭인다

띠동갑

오십대 토끼도 갑장
칠십대 토끼도 갑장
이쪽저쪽 넘나드는 십 년
띠동갑 친구도 친구이니
친구 부자여서 좋다

젊을 땐 어려 보여서
치놀고 싶더니
나이 들수록 젊어지려고
내리 놀고 싶다

연령이란 고개 넘나들자면
체면은 있어야겠지

사십대로 갓 접어든 토끼도
친구로 모시면
어처구니없다 할라나!

따뜻한 승부

손자와 팔씨름하면 늘 이기다가
지난겨울 방학엔 졌다

아침마다 팔이 지릿지릿하다
오는 방학엔 상대가 될라나
단련하다가 난 탈이다

어릴 때부터 팔씨름에 눈뜬 손자
처음엔 손목 잡히고 덤비더니
이젠 맞잡는 실력이다

팔씨름에 지고 난 뒤
철봉, 아령으로 단련한다는 소식
나 혼자 웃음 머금었다

이제 대학생 됐으니
눈을 크게 뜨고 세상 살펴라
씨름은 져도 배우고 이겨도 배운다

오는 방학엔 또 겨뤄보자

내가 손목 잡히고 져도 좋고

러닝머신

서지도 못하다가
걷고 달린다

4.5로 천천히 걷다가
5.0으로 보통 걷다가
6.5로 달린다
다시
5.0으로 보통 걷다가
4.5로 마감하는 착지

누군가 손잡아 주지 않아도
걷다가 달리다가 되돌아오는 길

낮달이 축하한다

대봉감 2

주렁주렁 무거워
가지 부러질라

굵고 붉고 달아서
감 중에 왕이라 뽐내는구나

할 일 태산 같아
불 켜두고 발 뻗지 못해도
대봉감 같은 자식
못 가진 나는

할 일 다 한
네가 부럽구나

너를 쳐다보는 난
자꾸자꾸
작아지는구나

매화 사랑

만발한 매화로 아파트 마당이 붐빈다

그리던 애인이 오셨나
퇴계 선생 애첩이 오셨나
동네 사람들이 떠들썩하다

아침에 출근하면서 웃음 나누고
퇴근하면서 쓰다듬어 주고
자기 전 창 열고 손인사 나눈다

선생님, 손길 따뜻해요
선생님은 옛 모습 그대로예요
매화가 가슴에 안겨온다

우리 이야기 더 나누자
매화야, 며칠 더 머물러다오

맨손체조

구름도 따라 한다

곡에 맞춰 까치도 가볍게 뛴다

봄바람 마주치는 손끝이 짜릿하다

풀뿌리도 멀리 뛰고 싶다

몸 가벼워진 나비도

활개 치며 날아오른다

바람의 속성

유부녀가 춤바람나면
걸으면서도 스텝을 밟는다

신랑이 당구바람나면
젓가락이 큐 되고 그릇이 당구알 된다

노름에 빠진 노름꾼은
집에 불이 났대도 화투장만 돌린다

구십 노인이라도 이념에 빠지면
태극기 휘둘러 촛불을 끈다

사익이나 공익이나
바람은 쉴 날이 없다

밥식혜

고기반찬은 할아버지와 아버지만 드신다

가족에게 단백질을 먹이려는 어머님 배려로
밥식혜는 가족 모두 먹는다

붉고 비리지 않다
구수하고 들큼하다

어머니 맛이 난다

돌아가신 지 갑년이 지났어도
어머니 맛은 그대로다

배려

하늘 맑은 날
팔공산 하늘정원 오르니 땀이 난다
점심 먹을 시간이 늦었는지, 배고프다
음식 보따리 펴자마자, 몸 가벼운 파리들
여기저기서 날아든다

파리 쫓느라 밥 못 먹겠다 하자
아내가 파리도 가족이라며
먹이를 따로 준다

파리가 먹이 먹느라 조용하다
파리 좋고, 우리도 좋고

그때서야 비로봉이 웃는다

청맥青麥

종달새도 흰 구름도
젊음을 불러들이는 하중도 보리밭*

청춘 남녀들, 더러는 누워도 보고
더러는 안아도 본다

예부터 보리밭 까댄 건 무죄라
여기저기 생겨난 길들

나도 머뭇거리다가
칠순 아내 손잡고
보리밭 까대고 말았다

내 평생 처음 내 보는
보리밭길
몸으로 들어온 푸른 피에
힘 불끈! 불끈!

   * 대구시 북구 금호강 하구의 작은 섬.

봄의 소리

깎이는 잔디 마디에서
왈츠가 흐른다

화단 꽃들이 스텝을 밟고
참새와 까치도 외줄 위에서
갸웃갸웃 리듬을 탄다

땅속에서 나온 지렁이가
둥근 레코드에
요한 슈트라우스 선율을 얹어
온몸으로 돌린다

잔디 홀이 돈다
봄의 소리가 돈다

나도 따라서 돈다

부부열전

비둘기는
짝이 죽으면
짝 기리며 수절한다

원앙은
짝이 출산하면
다른 짝 찾아 나선다

우리는 비둘기처럼 살려고
초례상에 비둘기 한 쌍 모셔놓고
조촐하게나마 혼례 치렀다

가끔 원앙처럼
끼를 부려보고 싶을 때
비둘기가 종종걸음으로 막아선다

이제 회혼이다
누가 먼저 가도
호상好喪이다

북향집

마음씨 착한 사람들이 사는 집
'저 집 꽃들은 부지런혀'

맞은편 담벼락 호박꽃이 엿본다

가방 들고 출근하는 아빠 뒤에서
잘 다녀오라 손 흔드는 언니 오빠 꽃들

계단에 층층이 앉은 화분들
하짓날 햇살 떡을 골고루 나눈다

녹색 잎들 한낮 동안 끌어모은 열기로
북향집 지붕은 익어간다

따듯하게 돌아올 별빛 귀가에
호박꽃이 빙긋 웃는다

자라는 걱정들

미세먼지 자욱한 아침이다
용두토성 다람쥐 배고프겠다

비린내 풍기는 주방은 미세먼지 경보 999
도적 떼 같은 미세먼지 쫓아내려
열지 않던 창 열어둔 채
다람쥐 먹이 들고 용두토성 간다

매일 나타나던 다람쥐 보이지 않는다
미세먼지 온다고 숨었나 보다
마냥 기다릴 수 없어서
가지고 간 땅콩 도토리 두고 왔다

집에 오니 방 안은 정화되었다

건너다보이는 용두토성은 아직도 미세먼지 자욱하다

나는 공기청정기라도 있지만
마스크도 없는 다람쥐는 어쩌나

의문

비밀이 없는 나
서랍도 휴대전화도 잠그지 않는다

통장 비밀번호는 아내와 공용
출입문 비밀번호는 가족이 공용
SNS 비밀번호는 아들들과 공용

그런데 페이스북 남의 자료에
내 아이디로 댓글을 달아주는 사람이 있다
글 내용은 상큼하다

페북 여자친구 다 끊으라던 아내?
그럴 사람 아닌데?
우리 아들들이?
그들이 나를 골탕 먹일 이유가 없지!

혹여, 나랑 비밀 없이 지내고 싶다던 여자친구?
그는 떠난 지 이미 오래인데

귀신 곡할 노릇이네
범인을 찾아내려 하면 나만 이상한 사람 되겠지

당분간 페북을 쉬어야겠네

사는 맛

가빠지는 숨

무거워지는 다리

중도에 포기할 수는 없다

1시간은 왔는데 800m 남았단다

취업 준비하는 손자가 이런 심정일까?

비바람이 친다

혼자 걷는 길이라 무섭고 외롭다

한참 왔는데도 500m 남았단다

등록금 줄 돈이 없는 아비 심정도 이렇지 않을까?

한 발 두 발 내딛으며

오르고 또 오르는 산

쉽게 정상을 내어주지 않는다

땀 흘리며 왔는데도 아직 100m 남았다니!

쓴맛, 매운맛, 단맛
한통속인 게
우리네 사는 맛

4
박수받고 싶다

사랑 자물쇠

팔공산 동봉 자물쇠 걸이에
청춘남녀 사랑 자물쇠 걸고
열쇠는 버린다

사랑 영원하여라
우리 내외는 그를 축원했다

우리는 잠그지 않은 사랑인데도
육십여 년 살았지만
세상천지 변하지 않은 게 있던가?
사랑은 가꾸면서 살아야지요

맹세도 너무 오래 잠가 두면
녹물이 흐르지요

산 넘어 산

꽃 찾는 벌처럼
밖으로만 나돌다 얼굴에 핀 검버섯
아내는 시술하고 오란다

버섯종균 심어두어도
참나무 등걸은 꿈적도 않는데
떼어낸 상처 자리 자외선 닿으면
또 살아나는 검버섯

노루 피하다 범 만난 격
살구꽃 벚꽃 앵두꽃 진창 피어도
밖으로 나다닐 수 없네

생명에 지장 없다는데
남볼썽 뭐 그리 중하던가?

삼태성

섣달그믐날은
아이들 데리고 목욕탕 가는 날

돌아앉아도 세 사람
자릴 바꾸어도 세 사람

삼부자 한 줄로 앉아
맨손으로 뽀드득뽀드득
의사의 눈으로 서로를 살펴본다

오징어 건조하러 다니느라
깜둥이 된 녀석들
용돈 안 주어도
바람같이 쏘다니던 녀석들

오늘 보니
믿음직한 아비들이다

상석의 운명

감꽃 떨어진 배꼽 주위 벌겋게 타 버렸다
올여름이 덥긴 더웠나 보다

낮은 가지가 매단 감들은
그늘 쪽으로 돌아앉았는데
유독 저 감 하나 햇빛 더 많이 받으려다
화를 부른 게 분명하다

어리석은 게 저 감인가?
감이어서 어리석은가?

당장 먹고사는 일에 근심 걱정도 없으면서
탐낸 식욕에 위가 벌겋다

조금만 더 낮은 가지에 매달렸다면
고깔이라도 씌워줄 텐데
가장 높은 가지 끝 차지하고 앉은
네 운명이 위태롭구나

서귀포에서

제주도민은
한라산을 어머니같이 섬긴다

백마 탄 어머니는 위풍당당하시다

북으로 달리시는 어머니
백두 낭군님 상봉하러 가시나이까?

우리 모두 오갈
통일의 길 열고 오소서

안개나무꽃

제 색깔 바꾸려는 안개나무, 안개꽃 피운다

궁중무 추듯 바람 따라 느릿느릿
손끝으로 구름 헤집는다

함부로 꺼내 보일 수 없는 일편단심
보랏빛 속치마에 서리서리 새기는 묵화

당당하던 선비일지라도
청아한 눈웃음에 헐거워지는 허리춤

누구라도 저 안개나무 그늘에 들었다 나오면
다가올 여름은 서늘해지겠지

손난로

그해 가장 추운 날 만났던 친구
사문진 나루터에서 다시 만났다

페이스북에 댓글 먼저 달아주는 고마움
반갑다며 손을 한참 잡았다

내 손이 차갑다며 두 손으로 감싸주는 그의 손

한동안 손난로를 움켜쥔 듯
속으로 검은 물 흐르던 손금
그의 손바닥에 복사꽃 피운다

얼음 뗏목 떠내려 간 자리
서로 건넨 정으로 모락모락 피는 물안개

제 몸이 더워야
남에게 베풀 수 있다는 듯
먼 길 걸어온 봄바람이
일찍 잠 깬 나비 등에 올라탄다

검은 땀

형님이 감추던 검정 땀
뺨에서 줄줄 흘러내리던 검정 땀

태백 석탄박물관에서 처음 봅니다

자식 오남매 광산 부근엔 얼씬 못 하게 하고
어머니 면회 오시면 출근 않고
검정 장화 검정 작업복 숨기고
돼지고기 실컷 대접하던 형

어머니 병원비와 생활비 모으던 검정 땀
검정 옷에 검정 땀에 검은 인생 사신 형

진폐증으로 환갑 전에 작고하신 형

형님의 검정 땀 먹던 가족들
울먹울먹 박물관 앞에서 길을 잃습니다

작은 우주

연당에 비가 내린다

눈비 오고 바람 불어도 아랑곳없는 물고기는
물이 옷이자 우산이다

샘물은 파문을 그리며 솟아오르고
바위틈 돌아가며 졸졸졸 노래 부른다

땀내 밴 내 발 들이미니
친해 보자고 참아달라고 입질을 멈추지 않는다

빗방울은 북채처럼 풍악 울리고
수초와 꽃들도 덩실덩실 춤춘다
물고기는 거슬러 오르다가
심심하면 한 번씩 솟구쳐 오른다

연당에 비친 내 얼굴도 술 취한 듯
그들과 춤판을 벌인다

연당은 시간을 오래 매어두고 싶은
작은 우주가 된다

점령당하다

깍지벌레 잔뜩 붙은 감나무
문지르는 흰 장갑 붉어졌다

피는 피를 부른다고
온종일 감나무에 달라붙어
빨갱이 깍지벌레 박멸 작전

싹수없는 놈은 미리미리 잘라야 하는데
설마, 설마, 하는 사이
위에서 아래로 내리밀면서
감나무 전체를 점령한 깍지벌레

우습게 여긴 빨갱이 때문에
올해 감 농사는 접었다

이웃 박 집사가 농약 쳐준다는 걸
농약 냄새나는 집 안이 싫다며 거절했더니
슬슬 후회가 밀려든다

밀랍 속에 숨어 살면서
나무즙 얼마나 빨아먹었으면
저리도 붉은 피가 묻어 나올까

노을 구멍

고만고만한 나이 어른들로 파크골프장은 붐빈다

젊어 뵈는 언니 세 사람 거느린 회장오빠
꽃밭에서 노니는 골프라운딩
친자매처럼 정겹다

뒤따르던 미남아재
복사꽃 목도리 언니에게 수작을 건다
'이름과 나이부터 묻다니?'
회장 오빠는 왼고개질이다

언니들이 농담을 받아주니
아재는 15홀까지 따라붙으며
성씨, 사는 동네, 넷의 관계를 알아낸다

아이고야 우리가 꾀 없이 당했네.
그 아재 쓸 만하다, 얘
회장 오빠 화나신 것 같다. 그치!

오후로 굴러가는 공에 홀려
말이 없던 회장오빠 툭하니 내뱉는 한마디

아닙니다. 마음대로 즐기세요

가족 골프

할아버지와 할머니는 그린이 목표지점
며느리와 손자는 홀컵이 목표지점

샷을 한 다음에는
아이고! 저런! 저런!

할아버지 공은 그린 부근에
엄마 공은 그린에
할머니 공 빗맞아 피식 웃어도
잘했다고 포옹하고 안마까지

손자 공은 홀컵을 지난 오비
공 맞는 소리 꽹과리 치듯 경쾌하나 2벌타
그래도 젊은이답다고 격려 박수
골프는 일타에 박 내려면 실수가 따른다
사회 적응도 그렇다

할아버지와 할머니는 힘이 가지다

그래도 오늘은 천당에 온 기분이다

언제 시간 내어
삼촌네도 어울려 보자

홀인원hole-in-one

골프채가
공에 닿기 전
허공을 가를 때부터
홀인원 원치 않는
그런 골퍼는 없었다

만세! 만세!
홀인원이다!

국가 자격시험 응시한 자식
단번에 합격 원치 않는
부모가 없는 것처럼

버디, 이글, 알바트로스가
실력인 걸 알지만
홀인원 그런 운도
인정할 때가 되었다

더 이상 퍼지지 못하게 선크림을 바르고
검버섯 제거 시술 하란다

조상님 덕에 젊어 보였으나
구망 노인이 노인 같아 보이면 어떠랴
본래 노인인데 노인 같으면 어떠랴

아차! 불효로다
부모님이 주신 음덕도 못 지키다니

꼬두바리에게 금메달을

미소클럽 파크골프 제1회 대회 날
팔십돌이 할배 80타로 꼬두바리 하다

저 어른. 80m 장거리에 홀인원 하던데
대회 날 아침에도 몸 풀던데
시합에 약한 체질인가?

저 어른, 학생 때 공부 잘해 우등상
젊을 땐 각종 대회 금메달리스트
가정에서 가장으로도 금메달

그런 어른이
32명 참가한 18홀 경기에서 꼬두바리라
금메달이 머릿속으로 가슴속으로
몇 번이나 들락거렸겠나?

비록 시합은 꼴찌라도
연세와 친화와 에티켓을 합하면
저 어른도 금메달감이다

나머지 공부

파크골프 샷이 잘되지 않아
거실에 백보드 설비하고
나머지 공부 한다

남만큼 하려고 나머지 공부 한다
남보다 잘하면 더 좋고

팔순에 나머지 공부라,
죽는 날까지 따라다니겠구나!

그렇다
저승 문 앞에서라도
나이스 샷!
박수받고 싶다

주먹악수

회원들 점심 먹으려 식탁에 둘러앉았다

갑자기 신 여사가 얼굴이 노랗게 되어
골프채를 두고 왔다며 안절부절못한다

차도 없는데, 우짜노!
걱정 마셔요. 골프채는 그대로 있을 겁니다
점심은 뒤로 미루고 나하고 같이 갑시다

노년을 즐겁게 보내라고 딸이 사 준 동산 1호란다
30분쯤 달려가니, 골프채는 평상에 편한 자세로 누워 있다

야, 너 그대로 있구나!
신 여사는 골프채를 와락 껴안으며 두 손을 모은다

점심시간인 다사 파크골프장엔 회원 몇 남아 있고
다른 골퍼들 골프채도 편안하게 쉬고 있었다

얼굴에 웃음꽃 핀 신 여사에게
나는 주먹악수로 축하해 주었다

화해

그린 위에 사뿐히 내려앉는 공
애미야, 잘한다

깃발을 지나 오비 되는 손자 공
힘차서 좋다
홀인원이 아쉽다

파보다 몇 타를 더 쳐도
깃발까지 가지 못하는 할머니 공

주먹 쥐고 기다리다
쟁그랑 소리 들리면 모두 짝짝짝

시도 때도 없이
오비 되는 할마버지 공
아이고, 저런! 저런

당신 늘
그렇게 사셨잖아요

사랑과 연민의 투사와 확산

이 태 수 | 시인

ⅰ) 원용수 시인은 삶과 세상을 성찰省察하는 시선과 가슴이 따뜻하고 그윽하다. 사랑과 연민憐憫을 키워드로 가장 가까운 부모나 가족뿐 아니라 다른 사람들과 하찮은 사물들에까지 이 같은 내면(마음)을 투사投射하고 확산한다. 한결같은 이 투사와 베풂은 시인과의 수직관계나 수평관계, 멀고 가까움에도 아랑곳없이 그 경계마저 허물어 버리는 양상으로 진전된다.

더구나 물 흐르듯이 유연하고 원숙하며 진솔眞率한 언어들이 그런 미덕美德들을 푸근하게 감싸 안고 있어 내용과 형식이 자연스럽게 어우러지는가 하면, 상호상승하는 시너지 효과를 빚고 있기도 하다. 이같이 시인과 시가 부드럽게 융화되어 그 일체감이 두드러져 보이는 것도 시인의 변함없는 진정성이 언제, 어디서나 관류貫流하기 때문으로 보인다.

ii) 시인의 가슴은 너그럽고 훈훈하다. 그 바탕에는 어김없이 내리사랑이 자리잡고 있으며, 그 사랑의 훈기를 불러들이고 가슴에 녹여 자신의 사랑과 연민憐憫으로 되살려 발산한다. 내리사랑의 본보기는 어머니와 아버지, 할머니의 사랑이며, 그 두터운 그늘이다. 그중에서도 어머니는 사랑의 화신化身 같으며, '뒷면 없는 거울'로 여겨지기도 한다. 어머니가 남긴 거울은 변함없는 내리사랑의 상징으로, 자기희생을 감내하는 모성母性과 그 사랑은 영원한 그리움의 대상으로 자리매김하고 있기 때문이다.

> 뒷면 없는 어머니는
> 나를 비추는 거울입니다
>
> 감기 다 나았제?
> 옷 따시게 입고 다니거라
>
> 맑고 따뜻한 눈이
> 엄마를 봅니다
> 엄마는 나를 봅니다
>
> 어머님이 보고 싶으면
> 어머니가 남긴 거울을 봅니다
>
> 엄마는 여전히 늙지 않았는데
> 나는 자꾸 늙어갑니다
> ─「면경」 전문

어머니의 유품遺品인 거울(면경面鏡)을 매개로 모성을 반추하는 이 시에서는 '어머니의 거울=어머니'라는 등식을 만들면서 세월의 흐름에도 한결같은 어머니의 사랑을 기리고 그리워한다. '어머니가 남긴 거울'이 곧 '뒷면 없는 어머니'이자 '나를 비추는 거울'이며, 그 '나를 비추는 거울'이 '어머니의 사랑을 비추는 거울'로도 그려져 있다.

이 때문에 어린 시절의 '엄마'의 눈과 같이 '나'의 눈도 "맑고 따뜻"해지며, 그 '엄마'를 보고 싶으면 그런 눈으로 거울(엄마)을 보지만 그 시절의 '엄마(거울)'는 "여전히 늙지 않았는데/ 나는 자꾸 늙어"간다는 아쉬움에도 젖는다. 늙어가는 '나'가 어린 시절의 '어머니'를 '엄마'로 부르며 그때의 사랑을 "감기 다 나았제?/ 옷 따시게 입고 다니거라"라고 표현하면서 시적詩的 묘미를 강화해 보이기도 한다.

어머니의 사랑에 대한 이 같은 그리움과 연민은 자신의 몸이 약해져도 "막내 튼실하게 키우려고/ 일곱 살까지 젖 먹였던"(「숭늉」) 기억과 그 사랑 때문에 "일흔이 넘은 아들이/ 젖 대신 마시는 숭늉"으로는 "마시고 마셔도/ 채워지지 않는 그리움"(같은 시)에 빠져들 수밖에 없다.

고기반찬은 할아버지와 아버지만 드신다

가족에게 단백질을 먹이려는 어머님 배려로
밥식혜는 가족 모두 먹는다

붉고 비리지 않다
구수하고 들큼하다

어머니 맛이 난다

돌아가신 지 갑년이 지났어도
어머니 맛은 그대로다
　—「밥식혜」전문

　가부장제家父長制사회에서의 어머니의 사랑(배려)을 떠올리는 이 시는 그 살뜰한 지혜를 예찬하고 기리는 데 주어져 있다. 세월이 흘러서 먹는 밥식혜도 어머니가 만들어 줄 때와 같이 여전히 붉고 비리지 않으며 구수하고 들큼한 단백질 음식으로 "어머니 맛"이라고 여기고 있을 뿐 아니라 어머니가 세상 떠난 지 예순 해가 지나도 "어머니 맛은 그대로"라며 어머니를 흠모한다. 이 흠모는 연민과 무관하지 않으며, 타인을 향해서도 거의 그대로 이어지게 마련이다.

　시「못난이 사과」에는 어머니에 대한 그리움이 오롯이 전이轉移돼 있다. 영천 재래시장 난전에서 "못난이 사과 한 접"을 펼쳐놓고 파는 할머니가 시인의 눈에는 "어머니 같은 할머니" 같아 보인다. 그래서 눈길 주는 사람마저 없는 그 사과들을 흥정도 하지 않고 몽땅 사게 되며, 그 할머니도 시인(화자)에게 "아들 같다며 웃으신다"니 은연중의 이심전심以

心傳心일는지도 모른다.

> 아뿔싸! 집에 오니
> 빛깔 좋은 사과 한 상자 아내가 사 두었다
>
> 옛날 후포장에서
> 해묵은 감자 못 팔아 고생하시던
> 어머니 생각에 사 왔으니
> 두말 말라는 당부에
> 못난이 사과를 물끄러미 바라보던 아내가
> 엄마같이 웃는다
>
> 오늘은 운 좋은 날인가 보다
> 어머니 같은 분을 두 번이나 만나서
> ─「못난이 사과」부분

　시인은 오랜 옛날 시장에서 감자가 제대로 팔리지 않아 고전하던 어머니가 떠올라 '못난이 사과 한 접'을 사서 집으로 돌아오니 아내가 '빛깔 좋은 사과 한 상자'를 이미 사 놓았다. 난전에서 산 사과와는 품질이 대조적이겠지만 아내가 "엄마같이 웃는다"니 시인의 어머니에 대한 심경이 어떠한가를 짐작하고도 남음이 있다. 더구나 그 '못난이 사과'들을 물끄러미 보다가 웃는 아내를 '엄마' 같다고 느끼는 데만 그치지 않는다. 난전 할머니와 함께 "어머니 같은 두 분을 두 번 만나서" 운 좋는 날이라고 생각하는 연민과 사랑의 마음

자리가 그윽하다.

　이 시집의 표제시이기도 한 「무지개 여행」은 대구 근교의 산과 강을 배경으로 떴다가 사라지는 무지개를 바라보면서 어머니와 아버지를 그리워하는 마음을 환상幻想에 실어 부각시킨다. 금호강과 초례봉을 잇는 무지개 속의 어머니와 아버지는 한복차림으로 되레 '나'를 보고 싶어 강을 밟고 걸어온다고도 그린다.

> 초례봉에 걸린 무지개 속 한복차림 노부부
> 금호강 밟고 걸어오신다
> 자세히 보니, 어머니와 아버지다
>
> 너 보고 싶어 왔다고
> 산소에도 안 오고 요즘 어디 아프냐고
> 오늘 보니, 지팡이 짚어야겠다, 하신다
>
> 나 초등학교 3학년 때 그린 무지개 그림
> 안방 벽에 붙여두었던 그 그림
> 내가 그린 무지개 올라타고 웃으시던 부모님
> 저승 가셔도 여행 다니신다니
>
> 그 흔한 제주도 여행도 못 보내 드린 게
> 후회로 남아 가슴이 뭉클
> 글썽이는 내 눈물에도 살포시 내려앉으시는 두 분

좋아하시던 고향 무정 노랫가락
일곱 마디 곡 다 끝나기도 전에
굽은 등 편 무지개는 훌쩍 사라지고

물어볼 말이 아직 많은 나
비 그친 오늘도
금호강둑 서성인다
　—「무지개 여행」전문

　이 시에서 어머니와 아버지의 사랑은 "산소에도 안 오고 어디 아프냐고/ 오늘 보니, 지팡이 짚어야겠다, 하신다"는 구절이 말해 주듯, 운신이 힘들 정도로 나이가 들어 다소 무심해진 자신을 되돌아보며, 그 지극한 사랑에도 효도를 잘하지 못한 회한悔恨으로 글썽이는 눈물에 어머니와 아버지가 무지개를 올라타고 내려앉는 모습으로 그리게 했을 것이다.

　그 어머니와 아버지의 모습은 화자가 초등학교 3학년 때 그려 안방 벽에 붙여 두었던 무지개 그림을 올라타고 저승으로 갔으며, 여전히 그 무지개를 타고 여행 다닌다고 상상하는 마음은 그야말로 애틋하다. 이쯤 되면 두 분이 좋아하던 노래를 채 다 부르기 전에 무지개를 타고 떠나 무지개 뜨던 강둑을 서성이게 하는 건 당연지사이기도 하다.

　부모와 같이 조모祖母의 자비 역시 두터운 그늘을 드리워 준다. 시인은 겨울 저녁에 언 못 위를 거닐며 가끔 비명을 지르는 거위가 얼마나 물이 그리울까를 우려하며 연민을 보내는 「수성못 거위」에서는 할머니가 언젠가 했던 "머지않아 얼었던 연못이 녹을 거다"라는 말을 배치한다. 역시 내리사랑의 훈기를 불러들이고 가슴에 녹여 발산하는 경우에 다름 아니다. 그 다음의 묘사는 더욱 곡진하고 미묘한 여운餘韻을 안겨 준다.

    훈훈한 할머니 말에
    추위 깃든 겨드랑이 접는다

    언 물 위에 비친 산 그림자도
    거위의 노란 부리에
    조금씩 뜯기고 있다
      —「수성못 거위」부분

   iii) 시인의 마음자리는 언제나 따뜻하게 열려 있다. 평소 마주치는 사물들을 지나쳐보지 않고 그런 내면(마음)을 투사해 바라본다. 시인의 말대로 '사는 맛'은 "쓴맛, 매운맛, 단맛/ 한통속인 게/ 우리네 사는 맛"(「사는 맛」)이지만, 그 사는 맛은 어떻게 변용하고 승화시켜 다스리느냐에 따라 적잖이 달라지게 마련이다. 시인은 그 이치理致를

    제 몸이 더워야
    남에게 베풀 수 있다는 듯

먼 길 걸어온 봄바람이
일찍 잠 깬 나비 등에 올라탄다

　─「손난로」부분

고, 봄바람을 끌어들여 환기喚起해 보인다. 아파트 마당에
만발한 매화梅花가 "선생님, 손길 따뜻해요/ 선생님은 옛 모
습 그대로예요/ 매화가 가슴에 안겨온다"며, "우리 이야기
더 나누자/ 매화야, 며칠 더 머물러다오"(「매화 사랑」)라고
따뜻한 마음을 내비친다. 봄바람도 '선생님'(화자)도 따뜻하
기 때문에, 더 구체적으로는 봄바람뿐 아니라 매화를 반기
는 화자의 손길(또는 마음)도 변함없이 따뜻하기 때문에, 매
화가 만발하는 걸까. 상대적으로 매화가 더 피어 있기를 바
라는 화자의 마음도 이 시의 표제가 말해 주듯 '매화 사랑'
때문인 것 같다. 다음의 시도 비슷한 맥락으로 다가온다.

우산을 그녀에게 기울인다
그녀와 함께 움켜진 손이 따뜻해진다

〈중략〉

우산 속 그녀를 집까지 데려다주는 동안
나는 흠씬 젖어도 좋다

어깨와 어깨는 밀착
우산 천장 두드리는 비의 연주에

이대로가 좋다! 이대로가 좋다!
　　—「낮꿈」부분

　이 시에 그려지듯, 가까워진 사람과 사람 사이의 온기는
그 이상이다. 설령 낮에 꾸는 꿈속에서라도 빗길의 우산 속
에서 마주 잡은 손이나 밀착된 어깨에서 느껴지는 따뜻한
온기는 비에 젖어도 좋고, 우산을 두드리는 빗소리마저 좋
을 수밖에도 없지 않겠는가. 시인은 사람과 사람 사이의 온
기를 간절히 바라고 그리워하기 때문일는지 모른다. 그렇다
면 가족 사이에 교차하는 온기는 어떠할까.

맨 아래 가지엔 마주 보는 내외
그 윗가지에 화가인 맏딸
그 윗가지에 평론가인 둘째딸
맨 윗가지에 과학자인 막내아들

구름이 비를 몰고 와도
회오리바람에 휘감겨도
서로 밀어주고 당겨주며
내일을 짊어진 일꾼들 끄덕없다

밑동이 튼튼하게 빋쳐주니
땡볕 나라 풀밭 세상에게
그늘 나누어주기에 바쁘다
　　—「가족나무」부분

나무에 빗대어 대견스러운 가족관계를 그리고 있는 이 시에는 화자 내외가 밑동에서 마주 보며 받쳐주는 자녀들이 서로 밀고 당겨 주는 유대감紐帶感이 공고해 내일을 짊어질 것이라는 믿음으로 가득 차 있다. 게다가 같은 가족이지만 두 딸은 화가와 평론가이며, 아들은 과학자로 "땡볕 나라 풀밭 세상"에 그늘을 나누어 주기 바쁠 것이라는 믿음도 충만해 있다. 시인의 내리사랑은 이같이 어머니와 아버지, 할머니의 사랑과 깊이 연계돼 있다고도 볼 수 있다.

　시인에게는 수직적인 내리사랑뿐 아니라 수평적인 사랑도 거의 같은 빛깔을 띠고 있다는 점도 간과할 수 없다. 너그러운 아내를 어머니 같다고 묘사한 바도 있지만, 아내를 향한 마음은 다음의 시에 한결 곡진曲盡하게 떠올라 있다.

손이 발을 씻긴다

회혼 날이라
아내를 의자에 앉히고
나는 그 앞에서
난생처음 남의 발 씻긴다

육십여 년
여섯 식구 돌보느라
장마당 누비느라
좁고 예쁘던 발

껄끄러운 마당발 되었구나

철없이 굴던 지난날 참회로
갈라터진 발 문지르는데
도리어 내 손이 말갛게 씻겼다

결국, 발이 손을 씻겼다
　―「부메랑」 전문

　회혼回婚을 맞아 육십여 년 가까이 가족을 뒷바라지해온
아내에 대한 심경을 낮고 겸허한 자성으로 떠올려 보이는
이 시는 아내에 대한 은근하지만 공고한 사랑의 깊이를 떠
올려 보이는 경우다. 육십여 년 만에 처음으로 아내의 발을
씻긴다고 하지만, 기실은 그간의 마음이 함축된 사랑을 고
백하는 것으로 읽히게도 하기 때문이다. 더구나 "철없이 굴
던 지난날 참회"로 거칠어진 아내의 발을 씻기는 자신의 손
이 말갛게 씻긴다는 표현은 지극히 겸허한 사랑의 메시지에
다름 아니라고 봐야 할 것이다.
　시인의 이 같은 마음자리는 외부로도 거의 가감加減 없이
확산된다. "미세먼지 자욱한 아침"에 "용두토성 다람쥐 배
고프겠다"며 "나는 공기청정기라도 있지만/ 마스크도 없는
다람쥐는 어쩌나"(「자라는 걱정들」)라고 걱정하며, 땡볕을
받으며 높은 가지에 탈 듯이 매달려 있는 감을 쳐다보면서
는 "조금만 더 낮은 가지에 매달렸다면/ 고깔이라도 씌워줄

텐데/ 가장 높은 가지 끝 차지하고 앉은/ 네 운명이 위태롭구나"(「상석의 운명」)라고 자신의 손길이 미치지 못하는 부분에 대해 각별히 안타까워한다.

시인이 투사하는 따뜻한 마음은 소쩍새 울음소리를 "첫날밤 솥 작다/ 소박맞아 운다"거나 "솥작솥작 소박데기도/ 아기 하나 갖고 싶다고/ 저리도 운다"(「소쩍새」)고 듣게 하는가 하면, "유리에 비친 새가/ 자기인 줄도 모르는 콩새는/ 부리에 불이 난다// 속이 까맣게 탄다"(「눈먼 사랑」)고 마음 아파한다.

시인의 연민은 사람(타인)들을 향할 경우 더욱 뜨겁다. 「검은 땀에서」는 광산에서 일하다 세상을 떠난 형님이 '검정 땀' 흘리며 일하던 사진을 태백석탄박물관에서 처음 본 심경을 서사적敍事的으로 절절하게 그린 시로 읽힌다.

자식 오남매 광산 부근엔 얼씬 못 하게 하고
어머니 면회 오시면 출근 않고
검정 장화 검정 작업복 숨기고
돼지고기 실컷 대접하던 형

어머니 병원비와 생활비 모으던 검정 땀
검정 옷에 검정 땀에 검은 인생 사신 형

진폐증으로 환갑 전에 작고하신 형

형님의 검정 땀 먹던 가족들
울먹울먹 박물관 앞에서 길을 잃습니다
　　—「검은 땀」 부분

　　중복날 발송인도 밝히지 않고 택배로 보낸 홍도 한 상자를 받고 질녀가 발송인인 걸 알아내 세상 뜬 형님 얼굴과 홍도처럼 방실방실 웃는 질녀 얼굴을 떠올리며 "안견의 무릉도원도 화폭"이라고 보는 「홍도 한 상자」도 같은 맥락의 시다.

　　ⅳ) 한편, 시인은 노년의 삶에 순응하며 관조觀照하듯 그 일상을 너그럽고 여유롭게 향유享有한다. 노인들과 어울리거나 가족과도 함께 파크골프를 즐기고, 산골짜기를 찾거나 헬스클럽을 드나들며, 젊은 사람들과도 노소동락老少同樂하는 여유도 가진다.
　　노년에도 파크골프를 즐기는 걸 "팔순에 나머지 공부라,/ 죽는 날까지 따라다니겠구나!"(「나머지 공부」)라며, "그렇다/ 저승 문 앞에서라도/ 나이스 샷!/ 박수받고 싶다"(같은 시)거나 더욱 천진난만한 장난기가 발동해

고의가 아니고 우연인데
내 공이 숲속에 외로이 앉아 있으면
여자 공이 살짝 찾아와서
키스에 포옹까지

기분 좋다고 말을 할까?
아니지, 참아요
주먹키스라도 할까?
아니지, 참아요

골프공의 장난기
쨍, 콩콩
그냥 따라 웃는 거지
　　―「골프 신사도」부분

라는 선정적煽情的인 감각이 작동되는데도 그 장난기를 골프공의 몫으로 돌리면서 절제節制의 미덕을 저버리지 않고 "그냥 따라" 즐거워하기도 한다. 골프의 이 같은 '짜릿한 즐거움'도 결코 신사도를 벗어나게 하지도 않는다.

노년을 즐겁게 보내라고 딸이 선물로 사 준 골프채를 경기장에 두고 점심식사를 하러 식당에 와서 안타까워하는 노인과 함께 경기장에 가서 찾아와 "얼굴에 웃음꽃 핀 여사에게/ 나는 주먹악수로 축하해 주었다"(「주먹악수」)는 대목이나 시 「꼬두바리에게 금메달을」도 신사도 발휘의 모습을 오롯이 보여 준다.

시인은 「꼬두바리에게 금메달을」에서 학생 때 우등생이었고 젊을 때는 각종 대회의 금메달리스트였으며 가장으로도 금메달감인 한 노인이 서른두 명이 참가한 18홀 경기에

꼴찌를 하는 것을 보고 "금메달이 머릿속으로 가슴속으로/ 몇 번이나 들락거렸겠나?"라고 상상하면서도 "비록 시합은 꼴찌라도 / 연세와 친화와 에티켓을 합하면/ 저 어른도 금 메달감"이라고 추킨다. 그런가 하면, 가족과의 골프는 경기 내용과는 상관없이 즐거움 그 자체다.

> 할아버지 공은 그린 부근에
> 엄마 공은 그린에
> 할머니 공 빗맞아 피식 웃어도
> 잘했다고 포옹하고 안마까지
>
> 〈중략〉
>
> 할아버지와 할머니는 힘이 가지다
> 그래도 오늘은 천당에 온 기분이다
>   —「가족 골프」부분
>
> 그린 위에 사뿐히 내려앉는 공
> 애미야, 잘한다
>
> 깃발을 지나 오비 되는 손자공
> 힘차서 좋다
> 홀인원이 아쉽다
>
> 파보다 몇 타를 더 쳐도
> 깃발까지 가지 못하는 할머니 공

주먹 쥐고 기다리다
쟁그랑 소리 들리면 모두 짝짝짝

시도 때도 없이
오비 되는 할마버지 공
아이고, 저런! 저런
　―「화해」부분

　이 두 시에서도 읽게 되듯, 가족이 함께 하는 골프경기는 잘 치고 못 치고를 떠나 "천당에 온 기분"을 안겨 주며, 화해和解와 화합에 다름 아니라는 생각을 해 보게 한다. 시인의 마음자리는 고산골에 이르러 "골짜기 전체가 커다란 학교"이며 "공룡공원 용두토성/ 쌈지공원 주상절리는 학습장/ 꽃과 나무 바위와 냇물은 선생님/ 바람은 고산골 교장 선생님"(「고산골학교」)이라고 자연을 스승이라고 예찬하게 하며, "아득히 높은 하늘/ 꿈의 칠판처럼 걸려 있다"(같은 시)는 우리름도 소환召喚해 온다.
　또한 「러닝머신」에서의 "누군가 손 잡아 주지 않아도/ 걷다가 달리다가 되돌아오는 길// 낮달이 축하한다"는 표현도, 사십대에서 오십대까지의 토끼띠 동갑同甲을 친구로 여기면서 "젊을 땐 어려 보여서/ 치놀고 싶더니/ 나이 들수록 젊어지려고/ 내리 놀고 싶다"(「띠동갑」)고 하는 표현도 이 노시인다운 천진성을 드러내 보이고 있다.

ⅴ) 하지만 사람들은 누구나 별반 다르지 않듯이, 시인도 삶의 애환에서 자유로울 수만은 없다. 가까이나 멀리 자유롭게 나들이(여행)를 할 수 없는 코로나 팬데믹 시대에는 더욱 그럴 수밖에 없을 것이다. 게다가 세월의 흐름은 붙잡을 수도 없지 않은가.

시인은 이제 "티 없어 동안이던 얼굴에/ 저승꽃 피어 노티가 난다"(「검버섯」)는 말을 들어야 하며, 검버섯 제거 시술을 권유받게도 된다. 그러나 동안童顔도 조상(DNA) 덕분과 부모의 음덕으로 여겨온 탓에 곧바로 "아차! 불효로다/ 부모님이 주신 음덕도 못 지키다니"(같은 시)라는 자성(순응)에 이르기도 한다. 뿐 아니라 피부 노화老化로 얼굴에 피는 검버섯을 검은 대륙으로 그리는 바와 같이 거시적 시각도 저버리지는 않는다.

> 지난겨울 파크골프에 빠져
> 자외선에 얼굴 노출시켰더니
> 피라는 꽃은 안 피고
> 아프리카 모로코 이집트 지도가
> 얼굴에 그려졌다
>
> 해외여행 가려다 코로나로 못 가는 곳이
> 내 얼굴에 나타나다니
> 그냥 두면 알제리 남아공도 그려지겠지
> ─「검버섯」부분

일상에서도 시인은 크고 작은 파토스와 마주치지 않을 수 없다. 살아가면서는 일상의 애환들을 넘어서야 한다. 난감한 일을 겪어야 할 때도 있는 게 세상살이이기 때문이다. 가장 가까운 가족 사이의 애환도 그의 시에서는 거의 마찬가지 빛깔을 띤다.

> 요즘 아내가 흑변 본다고 딸에게 알렸다
>
> 아빠가 엄마 속 얼마나 태웠으면 흑변이요?
>
> 속 지지리 태워 흑변이라니!
>
> 병은 아니고 헬리코박터 제균 치료제 탓이래도
> 딸아이는 막무가내
>
> 더 큰 비밀을 간직한 게 아빠와 엄마 사이인데
> 너, 뭘 안다고?
>
> 고 녀석 내 편인 줄 알았더니……
> ─「난감한 사건」전문

이 시를 곧이곧대로 읽기보다는 에둘러 읽어야겠지만, 딸이 아버지보다는 어머니를 더 생각하는 것만은 어쩔 수 없을는지 모른다. 가부장제사회에서는 어머니가 아버지 때문에 속을 태우는 경우가 많으므로 어머니처럼 여성인 딸의 입장에서는 그런 기우를 할 수도 있다. "고 녀석 내 편인 줄 알았더니……"라는 마지막 구절은 딸을 야속해 하기보다는 일종의 투정과 익살이며, 다분히 역설을 담은 희화적戱畵的 표현이라 할 수도 있다.

한편 「구름길」에서 묘사되는 것처럼, 주차장에 세워둔 자동차의 흠집을 애써 지우며 "생의 전반부는 상처 내는 일이 많았고/ 후반부는 상처를 지우는 일이 많았다"는 기억을 되새기지만, "앞으로 얼마의 상흔 더 남기고/ 얼마의 흠집을 더 지워야 하나"라는 비애에서도 자유롭지는 않다. 나아가 "구름 등 밀고 오르는 상엿길/ 문풍지처럼 가벼울 수 있을 까"라고 세상 떠날 때를 지레 염려하게 되기도 한다.

"주머니에 주머니를 넣고/ 구름열쇠까지 넣어둔다"(「껍데기」)는 대목이나 "주머니가 주머니를 잃으면/ 빈 주머니만 남을 걸 안다"(같은 시)는 구절도 얼마 남아 있을지 모르는 여생餘生에 대한 관조와 순응의 암시로 읽힌다. 시인은 세월의 흐름을 느긋한 달관達觀의 시선으로 감싸 안으며, 처연하게 받아들이기도 한다.

> 사륵사륵 흘러내리는 모래시계 소리
> 달빛 아래 돌배나무 마주하고 서면
> 나 살아있음을 일리는 달빛 신호다

육십에 퇴직하고 백수까지는 많이 남았다고
만만디로 산다던 인생, 하마 희수라며
몸 안에 가둔 모래시계가 달의 무게에 눌려
비탈길 내려가는 속도가 빠르다

할 일은 많고 시간은 없고 길은 멀고
마주치는 달빛은 포근하고
백 살까지 산다던 계획은 몇 년 더 살지 모르니
이제 남은 시간 돌배나무 손잡고 걸어야 한다

보이는 초침도 남은 인생도 사륵사륵

잡아둘 수도 없는 시곌랑
거꾸로 차고 사륵사륵
돌지 않는 물레방아 뒤쪽쯤 가서
달빛에 취해 옷고름 사각사각 풀어 볼까나
　―「달의 비탈」 전문

　희수囍壽(일흔일곱 살)에 느끼는 심경을 담담하게 풀어낸
이 시는 '모래시계', '돌배나무', '달빛', '달의 무게', '시계 초침',
'돌지 않는 물레방아', '옷고름' 등을 끌어들이면서 서정성이
짙은 은유隱喩의 아름다움을 떠올려 보인다.
　이 시에서 모래시계 소리는 살아있음을 알려 주는 달빛을
받으며 돌배나무 아래 서 있는 화자에게 시간의 흐름을 완
만하게 일깨운다. 하지만 내면으로 길항拮抗하는 정황으로

전이되는 모습으로도 읽힌다. "몸 안에 가둔 모래시계가 달의 무게에 눌려/ 비탈길 내려가는 속도가 빠르"다고 느끼는 절박함이나 "할 일은 많고 시간은 없고 길은 멀고"라는 대목이 바로 그러하다.

　이 때문에 시인은 '돌배나무=나'라는 등식(공동체의식共同體意識)을 만들어 "이제 남은 시간 돌배나무 손 잡고 걸어야 한다"고 생각하면서도 시계를 거꾸로 차고 돌지 않는 물레방아 뒤쪽쯤에 가서 달빛에 취해 옷고름을 풀어보려 하는 생각에 닿기도 하는 것 같다.

　화자는 새벽 다섯 시 반에 하릴없이 첫차를 타고 어렵게 살아가는 아주머니나 노파 등 다른 사람의 무거운 짐 운반(첫차에 올리는)을 도우며 즐거워하고 "특별한 볼일도 없는 사람이/ 왜 첫차를 탔느냐고/ 묻는 사람이 없어서 좋았다"(「첫차」)고 하는 까닭은 어디에 있는 것일까. 희수를 넘긴 삶을 또 다른 시각으로 들여다보게 하는 대목이 아닐 수 없다. 이 대목에다 '시인의 말' 맨 끝의 "아기처럼 티 없이 웃어보자. 기어가는 아가로 돌아가자."는 두 문장을 포개놓고 그 암시의 공간을 적잖이 들여다보기도 했다.